담배나 한 대

담배나 한 대

임장혁 시집

끌레마
Clema

뒤늦게 한글을 깨우친
팔순 할머니들이
TV에 나와 직접 쓴 시를 읽는다.

다 보여주고도 여운이 남는다.

읽으면서 바로 이해되는
이 정도는 누구나 쉽게 읽는 詩

한 구절 정도 기억에 남아
누구나 이만큼은 쓸 수 있는 詩

나도 그런 詩가 되고 싶었다.

2020년 여름
임장혁

차례

1부

2부

1부

미세 플라스틱

1886년 55세의 에밀리 디킨슨은
스스로 만든 휴화산 속 마그마에
1,750편의 시를 녹였다고 한다

뜨거움을 감추는 법도, 보듬는 법도
차갑다고 우기는 법도, 삭히는 법도
나는 모른다

무심코 접은 나비의 날갯짓이
잘게 부서져 태평양 한가운데 가라앉아
멸치의 배를 불리는 밥이 되는 줄도

그 작은 밥알이 불덩이가 되고
가슴에 뜨거운 것 하나 없이 사는
나의 식탁으로 돌아와 내려앉는 줄도

썩어 문드러지지 않는 화산재
밴댕이도 속을 쉬 보여주지 않으니
앞으로 멸치 똥은 먹지 않는 게 좋겠다

종일본가(終日本家)

언제까지 아무렇지 않을 수 있을까
오늘도 하루가 갔다
아무것도 하지 않아도 간다
매일매일의 삶이 시가 아니듯
늘 외롭고 그리운 것은 아니어서
비가 자주 오는 것처럼 느껴지는 날도 있고
달도 채우고 비우길 반복하는 모양이다

아무것도 하지 않은 것 같은 건
아무 일도 일어나지 않았기 때문
계획한 일도 성취한 일도 없이
까딱까딱 초침 소리에 조바심도 없이
생각나면 일하고 피곤하면 쉬고
인생을 조금 비틀면 무엇이 달라질까
조금 비튼 내 인생은 무엇이 달라졌나

이렇게 행복해도 되는 것인지

가을

혼자 있느냐고 묻는다
혼자 있다고 답한다

혼자 있다

혼자 일어나고
혼자 잇고
혼자 잃고
혼자 잊는다

오늘도
저 혼자 익는다

비 오는 날 1

비 오는 날 바퀴는 구르고
구르는 바퀴가 튕긴 빗방울이
다시 분무기가 되어
구르는 자동차를 식혀 주네
나도 한때 저렇게 달릴 때
땀방울이 몸을 식혀 주었지

실내포장마차 간이지붕에
떨어지는 빗방울 소리
소금구이 꼼장어 위에도 내려
짭조름하게 간이 배면
마치 처음처럼 서로의 얼굴 보며
이슬 같은 눈망울 적시는 것도 좋지

알 수 없는 표정으로
끝없이 이어지는 행렬
일일이 열어 확인하진 못하지만
저마다 걸어가는 우산 속에도
우두둑 깨알들이 쏟아지겠지
투명하게 다 비치는 저 얼굴처럼

비 오는 날 2

하늘에서 떨어지는 빗방울이 차창에 부딪쳐 말없음표 줄줄
이 그어 놓습니다
　가만히 들여다보니 어디 갈길 잃은 영혼들이 깨알같이 늘
어선 것인데
　갓 태어난 무슨 거미 같은 알들을 따라 누이인지 모를 작은
물방울이 그 옆에
　또 아비일지도 모를 큰 물방울이 연하여 자리를 잡고 있어
　손톱으로 쭈욱 이어줄까 하다가 그 줄을 흩뿌린 하늘 올려
다보니
　후드득 소낙비가 울컥 쏟아지더이다

　버스에서 내려 퍼붓는 장대비 맞으며
　나는 그 어느 빗줄기 하나도 부여잡지 못하고
　휘청휘청하는 탓에 말아 쥔 두 손엔 아무것도 담지 못하였
습니다

대장 내시경을 위한 서곡

폭우가 쏟아진다
빗방울 소나타 20번

사나흘 전부터 가려 먹으라더니
몸 안에 자라지 못할 씨앗 같은 것
행여 품을 생각도 말라더니
하루 전날 죽 쑤어 개 주지 말고
조금만 조금만 먹으라더니
급기야 먹은 것 다 쏟아 내란다

말끔히 비워 내기 위하여
깨끗이 씻어 내기 위하여
마침내 정갈하게
다시 채우기 위하여

폭우가 쏟아진다
누군가 보고 싶어진다

부음(訃音)

겨울을 잘 넘긴 낙엽 하나가
봄바람에 도로 위를 달린다

늦었지
너무 늦었지 하면서
핑그르르 착
핑그르르 착

중앙선 화단 속에 모인 잎들도
숨죽여 지켜본다

마침내 곱게 빻아 부서진 일생
달리는 버스가 풍장을 한다

잎맥으로 남은 유골 하나
또 한 잎새가 갔다

햇살 좋은 봄날의 부름

재수 좋은 날

출근길 도로에서 만난 상조차량 행렬
옆 차선에서 앞서거니 뒤서거니
덩달아 죽음을 뒤따르다가 앞장서다가

죽음보다 먼저 가는 삶도 있는가
죽음을 따라 말없이 끌려가는 삶
죽음에 이끌려 조심조심 따라가는 생

고속도로로 차량행렬이 빠져나가고
앞서간 죽음과도 이별하니
삶의 경보가 빨라졌다

생고기

얼 듯 말 듯
핏빛이 선명해야 한다
물컹한 느낌마저 그대로
죽지 않았다는 주장만 빼고
모두 깨어 있어야 한다
생을 다하고서도
살아 있는 육신

덴 듯 놀란 듯
육신이 농익어 간다
눈물은 살에서도 흘러
죽어서도 살아 있음을 알린다
죽은 자의 몸이
산 자의 목에 걸리지 않게
연하게, 부드럽게

거꾸로

혼자
모로 눕는 것이 두렵다

버려도
안아도
주체할 수 없는
모진 새우잠이 서럽다

밤
다시 밤, 또 밤
온 새벽 여전히 뒤척이며
전전반측(輾轉反側)

세상은 점점 반칙
옳게 눕기를 마다하는
불면의 반역

생(生)이 줄고 걱정이 는다

한강대로

퇴근길 육교 위에서 보면
아, 어쩌면 저렇게 한쪽으로만
가지런한 붉은 꽃을 피워 올릴까
끝없이 이어진 꽃길에 취해
나풀나풀 뛰어내리고 싶다
떨어지는 한 송이 꽃도 붉은데

일사불란한 저 도발성 눈빛
아, 어쩌면 저렇게 한쪽으로만
눈부신 비수를 퍽퍽 찌를까
속없이 펼쳐진 어둠을 딛고
오를 수 있을까 저 빛,
앞만 보고 부릅뜬 마음 급한데

오갈 데 없이 거리를 뒹구는 낙엽
꿈인 듯 생시인 듯 훨훨 날아가다가
불빛에 반짝 고꾸라지면
웅크린 채 숨죽이고 노려본 시간
경적 소리 요란하게 차선 가르며
기다려온 인내들이 질주를 한다

말없음표

일상의 고독
줄줄이 열 지어 나와

옹기종기 모여서
점 점 점

담배나 한 대
피우고들 있다

능구렁이

짧게 매달려도
길게 늘어져서도 안 되지
팽팽한 긴장 잃고
울어 버리기까지 한다면
건듯 부는 바람에도
쉽게 속 뒤집어지고 말지

긴 하루 목 조이고 돌아와
점잖게 똬리를 트는 넥타이
오늘도 머리만 큰 저놈처럼
용두사미로 끝낸 건 아닌지
저마다 앞세운 번듯한 얼굴로
꼬리 감추고 산 건 아닌지

묵은 하루 씻어 내며
거품 가득 욕망도 걷어 내지만
생명인지 연명인지 모를
쉽게 가시지 않는
목줄의 긴 여운

미등(尾燈)

한적한 지방국도
어둠을 색칠하는
세상의 주된 색조는 붉다

달리고 싶어 파아란 블랙홀
저 푸른 심연 속 온몸 내던져
넘어갈 수 있다면, 탈출할 수 있다면
가쁜 숨 기어이 달려가는데

어디로 가는 거야 지금 이 길은
경고의 메시지만 따라가고 있어
아니야, 아니야 하면서도 사라지면 불안하고
세상에 가득 넘칠수록 오히려 안심이 돼

앞이 안 보일수록
멀리서나마 지켜볼 수 있다면
끝까지 따라붙을 테야
저 붉은 빛

고속도로

중단 없는 전진 너무도 익숙해
급정거도 후진도 불순이야, 반역이야
오로지 직진 나란히 가면서도 추월뿐

오르지 못할 나무는 쳐다보지 마세요
가다가 멈추면 아니 감만 못합니다
한번 올라서면 삼대가 편안하죠

다급한 사람끼리 서로 걸고넘어진다
달리던 열차가 선로를 벗어난다
긴장의 깜빡이가 차선을 변경하고
마주 오던 인생이 불빛을 번뜩인다

좀 쉬었다 가는 게 어때?
침묵의 긴 터널을 빠져나오자
유유히 날아가는 비행기
아랫것들이 울려 보는 경적소리론
흐르는 도도함을 따를 수 없다

이율배반

술자리 사람들 경제를 걱정하는 동안
노가리 가지고 맥주 마시며 놀았다
왼손에서 오른손으로 오른손에서 왼손으로
좌우지간 우좌지간 주물럭쭈물럭 조물딱쪼물딱
때때로 초고추장에 고문도 하고 마요네즈에 화장도 하면서
발라낸 뼈는 한 마리 지네 같았다
노가리 통뼈가 된 지네

만원 버스를 타고 돌아오는 길
손잡이를 잡은 손에서 노가리 냄새 맡았을까
두리번거리며 자꾸 쳐다보는 눈길
정치에서 나는 냄새요, 경제에서 나는 냄새요?
양극단이 상존하는 포만과 허기 속에서
차창에 비친 퀭한 눈동자는 노가리였다
지네 한 마리쯤은 통째로 삼키는 노가리이고 싶었다

감원 예방 호신술

선 듯 만 듯
때론 엄지발가락만으로도 견뎌야 한다
휘청한 걸음마저 태연히
곧 넘어질 듯한 우려를 딛고
힘들어도 부드러워야 한다

행여 떠밀려도 휘영청
스스로 흔들려도 휘영청
곧고 딱딱한 것 에둘러 굽어내고
빠르고 강한 것 보듬어 튕겨내야 한다

두 발과 머리
수직으로만 버티면
허리는 늘어져
지구를 한 바퀴 돌아도 좋다

낙엽 1

나뭇가지 내 손 놓으려 할 때
나 야위어 부서지려네
뒹구는 뼈들의 서걱거림

바람이 날 알아주니
나비처럼 날아오르네
연둣빛 추억들의
형형색색 고되었던 날들

여린 핏줄 톡 톡
차례차례 일깨워
한 잎 두 잎 날려 보내는
푸르던 날의 편지

퇴직 면담

생각한 대로 살기 위해선
먼저, 현실을 이겨내야 해
버틴다고 생각하면 안 되는 거야
아니, 그럼 가치관이 흔들리고 있다는 거지

배운 걸로 먹고살거나 땀으로 몸을 일궈
하루하루가 곤하게 쓰러지면
차라리 몸이 더 정직하지
잡념은, 식구들만 배고프게 하는 거야

세상에서 자유롭고자 한다면
자연에 의지하거나, 물적 토대가 선행돼야 해
세상을 버티니까 안 됐던 거야
제발, 잘 살아

파리

실성한 파리와 성실한 파리가
회의실 명패를 사이에 두고
마주하고 있다

손바닥을 털며
튀어나온 눈알 대략 부릅뜨고
어디서부터 손봐줄까 생각하는 광분과

손바닥을 비비며
도대체 뭘 잘못했지 고민하는 성찰이
마른침 삼키며 이리저리 갸우뚱거리는 동안

창문 너머 나비 한 마리
꽃나무 그늘을 찾아
팔랑팔랑 날아간다

충전 중

연락이 와도 지금은 받을 수 없습니다
오랜 기다림에 대기시간 훌쩍 넘겨
굿바이 신호음과 함께
스스로 운명하셨습니다

저 붉은 전기침대
수혈의 맥박 소리 들리지 않지만
젖 먹던 힘까지 한껏 빨아들여
맛나게 먹고 있습니다

어쩌면 벌떡 제 몸 일으켜
기지개 활짝 켜고 부르르
온몸 떨며 갈망의 촉수 쭉쭉
뽑아 올릴지 모르지만

구속을 감수하는 짜릿한 충격
도망갈 수 없는 전율에 흠뻑 빠져
숨 가쁜 세상과의 단절 평안합니다
퍼렇게 부릅뜨면 소식 드리죠

승강기 1

삼면이 거울로 둘러싸인 승강기는
심연 속으로 들어가는 문이 세 개
세상으로 나가는 문이 하나 있다

세상과 통하는 문이 닫힌
승강기 안에는
한 사람만 들어서도
무수히 많은 사람들이 갇힌다

그들은 대개
지상에서 하늘로 올라가거나
천상에서 땅으로 내려오는 생을
반복하면서

가끔씩 나는 누구이고
어디서 왔으며
무얼 하고 있는지
서로에게 묻곤 하는 것이다

승강기 2

굳게 다문 정면 응시와 거울을 통한 측면 분석뿐
모르는 사람과는 쓸데없이 말하지 않기

오늘의 날씨나 미세먼지 상태를 봐가며
아는 사람과 가볍게 목례하기

장중 코스피 지수처럼 수없이 오르내리며
주문하는 곳 어디서든 열고 닫히기

출근길 일층에서 내려 제각각 흩어져도
저녁이면 연어처럼 돌아와 제자리로 올라가기

매일매일 그냥 그렇게
뉴스에 오르내리는 사람들처럼

마흔 번째 추석

더 이상 당연한 반복이 싫어졌다

명절을 포기하고 나니 세상이 새롭다
일 년 내내 큰소리 담장을 넘지 않는
어느 고고한 학자 집안의 찻잔처럼
책장 넘기는 소리에 뜨겁게 머물다
천천히 마음을 식히고 싶다
사는 일이 소란스럽지 않고
마음 조급히 뛰어다니지 않아도
다 때 되면 흘러가는 시간

명절을 포기하고 나니 집안이 편해졌다
아이들은 간식을 준비하듯 송편을 빚고
아내는 트로트 가요를 흥얼거린다
누가 시켰으면 저리하겠는가 싶어
똑같은 반복은 의미가 없다

똑같은 것도 의미가 되는 예순 번째 명절엔
나 홀로 앉아 매번 똑같이
식은 찻잔 앞에서 당연한 듯이

찍어낸 송편을 사다 먹고 있을 것이다
고향이 그리워도 못 가는 신세
소란(騷亂)이 그리운 쓸쓸한 추석

하이브리드

어머니 뱃속에서 출고될 때부터 몸은
이미 불평등한 경쟁사회에서 삶의 효율을 높여
고성능 연비를 실현할 수 있도록 잘 맞춰졌던 것인데

가파른 언덕길 성장기
굽이굽이 산길 청년기
고속주행 추월 30대, 과속 40대
정속주행 안전 50대
직선 내리막길 정년기
최저 속도위반 황혼기

이제 보니 힘이 필요했던 때는
기름 대신 탄수화물로 연신 석탄만 때며 살았나
rpm(분당 회전속도) 안정적인 정속주행에
전력은 없다 지방만 쌓인다
엔진에 넣어주는 한잔 커피는
위장의 기름때를 빼는 불스원샷
달리고 싶지 않다 안 먹어도 배가 고프지 않다 먹기도 귀찮다
술 먹고 라면 먹고 술 먹고 짬뽕 먹고 술 먹고 쌀국수 먹고

전환이 필요한 때
변환이 필요한 시점
이제 심장을 바꾸어야 한다

잘해라, 잉?

호랑이도 제 새끼 굴려 제힘으로 올라오는 놈만 키운다고
말씀하시던 스파르타식 교육을 초등학교 때 마친 뒤
라디오 귀에 꽂고 하는 공부가 제정신 박혀서 들어가겠느냐
하시던 중학교 때, '아빠, 난 언제 어른이 되나요?'라는
카세트테이프를 처음으로 사 주셨다

책상 앞에만 앉아 있는다고 다 공부만 하는 게 아니어서
시문집 만들었다고 경찰서 대공과에 잡혀갔다
하룻밤 지내고 훈방으로 풀려난 뒤 아버지 말씀,
알아서 잘하거라

어수선한 시국 예고된 집회마다
일일이 신문 보시고 전화 단속하시니
일이 바빠 서울에 자주 올라가진 못하지만
아빠 뜻 알아서 잘하고 있는 거냐?

마지못해 졸업하고 알아서 군대 가니
훈련소 퇴소식 날, 담배 한 갑 던져 주시며
너도 이런 거 피냐?

사람 되어 나오는 군대도 다녀왔고
사람이란 다 때가 있는 법이니
더 공부해서 대학교수 되는 것도 달갑지 않다
때가 되면 직장생활도 필요한 법이다
네 일 네가 알아서 잘해라

직장만 다니면 집안일은 놔두는 거냐
창문에 방충망 다는 일 정도는
네가 알아서 다 할 수 있는 나이 아니냐
예전에 아빠가 하는 거 보지도 못했냐
집안일도 이제는 알아서 잘 살펴라

잘하고 있냐?
다들 잘하고 있는 거지?
진혁이란 놈도 잘하고 있는지 살펴보고
형이란 게 뭐냐 알아서 동생들 단속도 잘하고
이제는 니가 알아서 다 할 수 있는 일 아니냐

니 멋대로 생각하는 게 직장생활 아니다
미움받지 않게 다른 사람 배려도 하고

시 쓰는 사람은 이런 것도 알아야 하느니라
이 봐라, 너도 이만큼은 쓸 수 있는 것 아니냐

이리 와서 앉고 생각 좀 해봐라
올해는 어떻게 해봐야 하지 않겠냐
이러다 손주 늦것다
잘해라, 잉?

여물 솥

햇볕 드는 사랑방 아랫목 꿰차고 앉아
쇠스랑 들이대도 눈 한번 꿈쩍 않는
소처럼 우직한 저 무게중심

뜨물통 들이부은 메마른 가슴
솥 한가득 열고 꾹꾹 눌러 담아
지글지글 졸이는 맘 새김질로 되새기고

엉덩이가 뜨거워도 진땀만 송골송골
잘 삶아져 폭폭 꺼져가는 동안에도
소리 없이 눈물만 줄줄이 흐른다

마침내 스르렁 솥뚜껑 밀어젖히면
와락 달려들며 피어오르는 훈김
함박눈 소복소복 내리는 아침

일 년에 하나씩

이미 같은 크기의 운동화를 신는 초등학교 6학년 태균이가
일대일 장기로 승부를 가리지 못해
간지럼 참기로 내기하다 아빠를 이긴다
"앗싸, 이겼다"
"어이, 아들!
앞으로 아빠한테 이길 일만 수두룩한데
벌써 그렇게 좋아?" 했더니
"키는?" 하고 묻는다
"앞으론 니가 더 클 거야"
"그래두 몸무게는?"
"것두 니가 더 많이 나갈 거야" 하고
뒷모습 쳐다보다 혼자 생각해 보니

아빠는 말야
일 년에 하나씩만 네가 이겼음 좋겠어
어쩌다 말고 차근차근 하나씩
서두르지 않고 모두 건네줄 때까지
나는 버티고 너는 자라고
그렇게 네가 아빠 될 때까지
더도 말고 덜도 말고

일 년에 딱 하나씩만

나경이 저녁인사

나 어제 누구랑 잤더라?
―엄마
와! 그럼 오늘은 아빠랑 자는 날이네?

이제 갓 초등학교에 입학한 딸아이와
유치원 때부터 나눠온 저녁인사
품안에 꼭 안기는 녀석의 등을 토닥이면
똑같이 아빠의 어깨를 두드리며
이내 잠드는 아이

아직은 가벼운 눌림으로
팔베개조차 버겁지 않지만
이렇게 함께 누울 시간이 얼마나 될까
긴 세월의 하룻밤이 소중하나

근데 나 어제 누구랑 잤어?
―아빠
그럼 오늘은 엄마랑 자야겠네
알라뷰 사랑해요 땡큐 오늘도 수고 많았어요

아들은 전혀 관심이 없는
딸아이의 규칙으로 인해
가슴 애틋한 간밤의 여운

사촌누이

모처럼의 휴일인데 책도 안 읽히고
하릴없이 서성이다 이것저것 주워 먹고
제풀에 지쳐 낮잠만 잘 바에는
불쑥 집을 나서 찾아가고 싶어진다

맛있는 것 사 먹고 산책하다가
오랜만이다 그치? 하며 팔짱도 끼고
조금은 애틋하게 온기 느끼며
손잡아 사심 없이 주머니에 넣을 수 있는

명절도 아니고 집안 행사 하나 없이
아무 때나 불쑥 만나게 되면
몰랐던 옛 이야기 몇 개는 더 알게 되고
세월 참 빠르구나 되돌아보다가도

문득 산다는 게 고마워지면
할아버지 할머니 감사합니다
외할아버지 외할머니 고맙습니다
파아란 실핏줄이 뜨거워진다

영정 사진

내 마음이 흔들릴 때
어머니를 보자
나 이미 초등학생이 아닌데
엄마 말을 들어 보자

아무 말 하지 않더냐
바라만 보지 않더냐
때론 웃음 짓고
흐뭇하고, 따끔하고

그렇게 말하지 않았더냐
말할 수 없는
지금도 이렇게

외출

아버지는 지하주차장을 돌고 돌아
1층 상가까지 올라오는 동안
한 계단 한 계단 두 발로 다 밟고
난간 손잡이 먼지 다 확인하고
중간중간 몇 번을 쉬시며
하루치 운동량을 다 마치신 듯했다

입구 벽면에 붙은 상가 배치도에 이어
가게 간판 하나하나 소리 내어 읽어보시고는
식당에 들어서자마자 주문이 끝난
차림표 목록까지 정독하시며
굶주린 한 달 치 정보를 다 얻는 듯했다

아무리 서로 다른 체감속도라지만
시속 77km와 51km로 느끼는 인생의 간격은
오히려 급할 것 없는 내 마음의 조급한 순간마다
너도 다르지 않을 것이라는 소중한 깨달음과
당장 극복해야 하는 커다란 인내심을 요구하며
그럼에도 이렇게는 절대 같은 집에서 살 수 없음을
소리 없이 통곡한다

자식을 위해 스스로 요양병원을 선택하신 뒤
주말에 한 번 의무적으로 만날 뿐인데도
그 하루를 온전히 보내지 못하고
맘먹은 처음 몇 시간을 보내고 나면
매번 어김없이 찾아오는 절망이었다
그날 오후 아버지와 나는 단지
자장면 한 그릇을 먹었을 뿐이다

자기로부터의 용서

아버지는 부쩍 우울해하고 있다고 했다

옆에서 듣기엔 아무 어려움이 없지만
당신 스스로 말이 안 나온다고 하신 지는 오래되었고
이제 와 가끔씩 소리로는 알아듣지만
내용으로는 이해하지 못할 이야기를 하시곤 한다

아무도 오지 않는다
오직 아들 하나만 정기적으로 다녀갈 뿐
독단적으로 결정하며 내 맘대로 살아왔다고는 하지만
남부끄럽지 않은 내 인생이 무얼 그리 잘못했나

씻는 것도 귀찮고 그럴 힘도 없고
끼니마다 먹는 것도 귀찮고 그런 맛도 없고
오늘도 어제와 다르지 않고
내일도 오늘과 다를 리 없고

그런 일흔여덟 아버지의 무기력한 체념을
어찌하면 바꿀 수 있을까 하는 혁명도 지쳐갈 때
아흔이라고 생각하면 이해가 됐다

지금 내 앞에 계신 아버지가 아흔여덟이라면

길을 걷다 주저앉은들 걸어주는 게 어디인가
앞뒤가 맞지 않는 이야기라도 말할 수 있는 게 어디인가
스스로 먹을 수 있다는 것, 그래도 살아 계시다는 것
콧줄 꿰고 누워 계시지 않다는 게 얼마나 다행인가

어머니 돌아가신 뒤
아버지와 담을 쌓고 지내는 마흔여섯 동생도
시한부 삶을 살고 있기 때문이라면 이해가 됐다
앞으로 오십 년밖에 더 못 사는 너도 바쁘겠지, 힘들겠지
백 년을 살기가 그리 쉬운가

가고 없는 날

요양원에 가신 아버지와 6개월 만에 첫 외박을 나와
속옷 바람으로 침대에 나란히 누워
이리저리 뒹굴며 팔다리를 주물러 드렸다

소변이 자율신경이냐고 물으시는 질문엔
침을 삼킬 때 기도가 막히는 것이 아니겠냐며
때에 따라 참을 수 있는 배변활동은 아닌 것 같다고 했다

기저귀로 짓무른 엉덩이엔 메디폼을 붙여 드리고
늙어가는 아들 등에 업혀 화장실을 다녀오실 땐
허탈한 절망의 입꼬리 끝으로 철 지난 웃음이 묻어나왔다

아무도 손대지 않는 불가촉 성역의 묵은 때며
굳은살처럼 자리 잡은 발가락의 각질도 벗겨내니
뽀득뽀득한 치아는 파아란 하늘의 흰구름 같았다

나이도 먹어야 사는 거래요, 돌아가시면 더 이상 못 먹잖아요
운동하는 게 귀찮고 힘드시다는 건 알지만
영어단어 외운다고 생각하고 꾸준히 하세요

누군가는 아침에 일어나 보니 유명해졌다고 하는데
어느 날 문득 눈을 떠보니 늙어져 있더라는 억울함에
혼자 몸을 일으켜보려 하지만 더 이상 말을 듣지 않는다

그리고
밤새워 이름 모를 나라의 지도를 침대 위에 남기셨다
덮개를 걷어내며 어느 나라냐고 물어도 웃지 않으신다

인생이란 설국열차의 마지막 칸은
마음먹은 뇌로도 어찌하지 못하는
생각처럼 쉽게 웃지 못하는 장애인가 보다

생활의 발견

빨래를 개다 수건 접다 보니
어머니 이름이 보인다
벌써 2주기
지난 지도 좀 되었구나

수건마다 적힌 각종 행사와 기념일
그 끝에 검은 유성펜으로
소유주를 밝히고자 적은 이름
어머니가 요양병원에서 직접 쓰셨나 보다

그나마 다행이다
살면서 종종 수건에 얼굴 파묻고 싶을 텐데
아직도 내 곁에서
어머니 이름 만날 수 있어서

추석

보름달은
지구를 비추는 손전등

오랜만에 고향에 와
선영(先塋) 앞에 앉으니

저 멀리 불빛
누가 하늘에서
날 들여다본다

나무

바람이 인다
흔들리는 가지
떨리는 잎새

바람은
가지를 뒤흔들고
잎사귀를 떨구게 하지만

나무는
벅차오른 가슴과
외치는 입술을 매달고도
스스로 흔들리지 않는다

땅속 깊이 뿌리를 묻고
하늘 향해 곧추서는
하늘 품어 뻗어가는

나무는
결코 물러섬이 없다

월식(月蝕)

온전한 내몰림으로 퍼렇게 부릅뜬 장님
야금야금 쉽게 스러진 대로 어금니 패어
별똥 한 조각 베어 물지 못하고 야위어 간다

고샅길 맴돌다 지친 아비의 잔등에 업혀
삐죽이 내민 머리 햇살 한번 받지 못하고
해거름에 돌아와 몸져누우면
찰진 오곡밥에 송두리째 이빨 뽑힌 조선 똥개들
토실한 젖가슴에 매달려 낑낑대는 밤 동안
아무 욕심 없는 고민 하나 떠오른다

눈길마다 제 모습 받쳐들고 떠 있는
창백한 미소는 부끄러운 줄 몰라
정화수 한 사발에 풍덩 빠지기까지
실한 노른자위 두둥실 떠오를 때까지
천지사방 머리 둘 곳 없는 저 달 좀 치워주소

샹제리제 커피하우스

드르륵 자동문이 열리면
캐나다산(産) 바로네 커피향이
음습한 곰팡이처럼 코끝을 찌를지도 몰라
햇볕이 따가워 시원한 물이 먼저인지도
비가 오거나 설령 눈이 내린다 해도
누렇게 말라가는 홍콩야자나무처럼
한 잎 두 잎 지고 말지 몰라

황사바람 날리는 오후
시간은 금전등록기에서 찍혀 나오고
저 혼자 돌아가는 CD재생기는
미친 듯이 열기를 뿜어대는데
환기가 안 되나 왜 이리 답답할까
오늘도 햇빛은 못 볼지도 몰라

모짤트의 레퀴엠에 맞춰 원두를 간다
잘생긴 알갱이가 푹 꺼지며 바숴진다
거룩한 향기가 실내에 퍼지고
피곤한 사람들이 또 몰려온다

아하, 몸

내 것이면서 아니다
입력과 실행이 일치하지 않지만
업그레이드 변변히 해보지 못하고
힘없이 머리만 써도 단순히 밥만 먹어도
이내 피곤해지는 이 몸은

서른이 떨어진 낙엽 밟고
마흔이 지나가는 비행기 올려다보는데
찡그리는 두 눈은 겨울 아침햇살이 좋다고
아침 겨울햇살이 싫다고

본능이 꼬르륵, 배고파 밥 먹었을 뿐인데
머리 쓰고 몸만 남아 서 있는 나무
익지 않은 열매 쉬 주지 않다가
휘영청 몸부림엔 쉽게 꺾이는 가지,
머리 무겁다

몸 치고 아하를 보는 자판엔
한/영의 미전환
몸은 aha, 아하! mom

몸이 몸으로, 몸에게 몸을 2

서 있는 몸은 줄기차게 비 맞는다
몸으로서 유지해야 할
각 부문 최소한의 발열 평균치만을 남겨둔 채

간밤엔 오슬오슬 한기에 잠이 깼어요
음악도 꺼지고 불빛도 시름시름 앓고 있었지요
밭은기침 근근이 내일까지 뛰었어요
오늘에서 만나는 어제의 적들과 대치하여
오늘이란 이름으로 싸우다 어제의 이름으로 묻혀 버린
님들의 호젓한 영령을 위해서요

하지만 내일까지 물리쳐야 할 적은커녕
오늘 단 하나의 생명도 구하지 못했어요
이제 그만 여기서 잠을 청해야 할까 봐요
혹시 살아 있는 동안 단 한 번도 꺼지지 않은
불꽃을 본 적 있나요

뜨거운 커피는 목 잠긴 불씨를 마시고
젖은 몸을 말리는 연탄은 지독한 가스를 내뿜는다나 봐요
일산화탄소에 취해본 적 있나요

죽도록 살고 싶은 젖은 몸을 말리는 고통이어요

서 있는 몸은 줄기차게 비를 맞구요
몸이 몸으로 남으려면 열이 필요해요
밤새워 또 불씨를 지켜봐야 하나 봐요

몸이 몸으로, 몸에게 몸을 3

조금만 마셔도 달아오른 몸 때문에
눈앞엔 온통 취한 세상뿐입니다
술병 든 사람마다 잔 하나씩 꺼내 들곤
술 한잔 따라주고 마시는 걸 지켜보다
안주도 없이, 더 하지 않겠냐고
얼굴 들고 빤히 쳐다보지 않겠어요

뚫어지게 바라보면 술이 술을 먹나요
몸이 몸으로 몸에게 술을
술이 술로 술에게 몸을
서로를 들이부어 열꽃으로 피어납니다

취하지 않아도 기울인 몸 때문에
마실수록 세상은 꽃을 피워 올립니다
꽃 담은 술잔마다 빈 잔은 없고
가득히 손 내밀어 마른 몸을 적십니다

환기

창문에 막아둔 비닐커튼 너머로
바람이 문을 두드린다

부산한 명절, 사람들은 떠났으니
이제 내가 들어간다고

차가운 적막에 홀로 남은
나를 보러 온다고

나와 내가 서로 몸을 바꾸는 시간

공룡능선

깊은 밤 산속엔 왜 들어가는 것일까
산다는 건 때로는 깊은 산에 들어가는 일
스스로 마다하지 않은 심산유곡을 헤치고 나오는 일
그 길을 묵묵히 호들갑 떨지 않고 걷는다는 건
끝을 알 수 없는 두려운 대자연의 외경에
갈수록 초라해지는 부재(不在)조차 감사히 여겨
쉴 새 없이 증명해대는 존재의 나부랭이보다 뜨겁다

어둠 속 비선대에서 공룡을 쫓기 시작했을 때만 해도
공룡의 거대한 등뼈가 궁금했다
발아래 일출을 보았을 때는 공룡의 발목쯤이었을까
마등령삼거리를 지나며 한발 두발 설레는 발걸음
잔뜩 웅크린 공룡의 시작이었다 나한봉, 큰새봉,
머지않아 공룡의 엄청난 등이 펼쳐지리라 생각했는데
문득 거대한 바위가 위압적으로 서 있었다
이것이 공룡이구나!
저 엄청난 몸의 까마득한 아래를 지나는 나는
구름 속에서도 공룡의 잔등은커녕 옆구리만 훑고
1275봉과 신선봉을 뒤로 한 채 끝이 났다

나는 홀로 무엇을 상상했던 것인가
산다는 건 때때로 공룡을 찾아가는 길
같이 갈 순 있어도 대신 갈 순 없는 길
이미 수없이 오르내리며 힘든 척 아닌 척 지나왔던 길
저마다의 진정한 공룡은 산에 있지 않다는 걸
잘 아는 공룡에게 미련은 더 이상 갖지 않기로 했다
지켜본 대청봉의 눈망울이 붉게 충혈되어 있었다

대차 대조표

한 이십 년 부부로 살다 보면
서로를 많이 안다고 생각하는 자산이 있다
매번 이해한 줄 알았던 창고에서
켜켜이 쌓아 둔 부채를 발견할 때도 있다

점점 포기하며 서서히 알아가는 삶
점점 알아가면서 서서히 포기하는 삶
서로 알아가며 함께 살고 있어도
받아들이고 밀어내는 차대변이 다르다

이해와 포기가 팽팽하게 줄다리기하다가
한번에 툭 하고 끊어질 때가 되면
예전 같지 않아 너무 놀랍다 해도
하도 놀라서 단련된 평온이 온다

궁금한 건 없고 묻지 않는다
갈수록 고요한데 변한 건 없다
이제 와 곰곰이 정산해 보니
서로 분개하는 방식의 차이였다

필요한 시간

삶기 위해 담가 둔 빨래를
바라보다 결심하고 해결하는 동안
부산에서 올라온 친구가 며칠 묵고 갔다

쉽게 변하지 않는 통장잔고의
밀린 내역을 한번에 정리하는데
이자보다 많은 세월이 수북이 쌓였다

땅에 묻기 위해 모아둔 음식물 찌꺼기가
무성한 곰팡이를 피워 올리는 동안
뒷마당 텃밭은 새싹을 틔웠다

뭘 해야겠다고 맘먹으면 목록이 되고
바로 해결하면 금방 사라졌다
일상을 살아가는 계획은 애당초 필요 없었다

때마침

구미동 무지개마을에 목련꽃이 피었다
유치원 앞에서 만나기로 한 영양사는
오지 않고 전화도 받지 않고

약속한 시간이 되어 원장실로 들어서니
해맑은 얼굴로 이제 막 알았다며
올해 원아모집 부진으로 재원생 100명이 넘지 않아
영양사를 두지 않아도 괜찮게 되었다고 미안해한다

정원을 채우지 못했으니 얼마나 힘드시겠어요
도리어 위로하고 되돌아서니
헛걸음하시게 하여 죄송하다며 문 앞까지 배웅한다

주차장 너머 화단에 목련꽃이 춤을 춘다
아파트 경비아저씨가 미친 듯이 나무를 흔들어댄다
우수수 꽃잎들이 떨어지고
100송이만,
100송이만 남겨두세요~~

구미동 무지개마을에 아이들이 줄어들고
갓 피어난 목련은 미친 듯이 날리며
싱싱하게 떨어진다
모든 게 딱 맞아떨어지는 하루다

바람꽃*

저를 꺾어주세요
질긴 바람으로 기다리고 있어요
무슨 미련 쉽사리 털어내지 못하냐시지만
꺾어도 자라는 생명인 걸 어떡해요

기다림이 너무 자라 감당하지 못하거든
남은 이의 몫으로 시든 꽃을 꺾으세요
꺾어도 꺾어도 또 자라고 손 내미는
그것이 저의 질긴 바람인 걸 어쩌나요

칼날 같은 바람 눕히지 못하고
온몸으로 받고 꺾어지는 저는
남은 이의 몫으로 기다리고 있어요

기다림이 너무 자라 감당하지 못하거든
주저 말고 똑똑 저를 꺾어주세요
꺾어도 꺾어도 또 자라고 손 내미는
무던히도 질긴 바람이고 꽃이어요

* 꽃말 : 당신만이 볼 수 있어요. 덧없는 사랑

어떤 생일

학창 시절 서로가 많이 챙겼던 친구의 생일
끼리끼리 어울려 집 밖에서 즐기다 보니
철들고 감사해야 할 부모님도 안 계시고
이젠 아내 눈치보며 주장할 날도 아니어서
별일인 듯 별일 아닌 기념일이 되었고

흔한 온라인 인사로 축하 문자 보내고 나니
코로나19의 대유행이 불러일으킨
사회적 거리 두기의 실천이 조금은 서운하여
둘이서 따뜻한 밥 한 그릇 먹고 싶었지만
"두 시간만 야근하면 육만 원 더 받을 수 있어"

언제 멈출지 모르는 불안한 생계는
재택근무 불가능으로 온 나라가 들썩이고
침 튀기며 성토하는 뉴스조차 시끄러운데
"그래, 돈 많이 벌어" 하고
깨끗이 손 씻었다

물티슈

동글동글 말리어 간다
물 대신 술 먹은 듯
휘적휘적 날지 못하고
바람에 돌돌 굴러만 간다

물 빠진 일생
골목 한 켠 무심한 비닐에 묶여
기다리면 실려갈 줄 알았는데
혹시 날 놓쳤나

잘 쓰고 버린 만족이라면
다시 필요할 거란 위안도
기대하지 않겠지만
조금씩 목이 마르다

해 뜨기 전에 가야지
어둠 속 물 닿는 곳까지
온몸 흠뻑 적실 때까지
바람이 자꾸 등을 떠민다

2부

가위눌림

심한 목 눌림에
간구를 느끼고

부동의 몸짓에서
미성이 새어 나왔다

아~
어찌나 고마운지

생명의 시작은
소리임이 틀림없다

가을 편지

가을엔 편지를
온통 쓰는 사람뿐이야

아무도 받지 못했어
그래서 가을이야

낙엽,
수북이
쌓이기만 하거든

단풍

가을 그리 깊지 않다
적색편이 길어지는 이별 앞의 짧은 만남
부드럽게 매만지는 고운 손길 머물러
배경 없는 쪽빛 하늘에
바알갛게 달아오른 수줍음

가을 그리 달갑지 않다
한 점 부끄럼도 없이 쏟아지는 햇살
두 팔 가득 담뿍담뿍 눌러 담아도
한겨울 넘길 온기 품지 못해
마지막 가는 길에 붉게 쏟아놓는다

가지 않은 길

난 내 길로 가지만
네가 더 아름답다

아름다운 널 품지 못하고
자꾸 내 길로 가는 것은
그리운 너의 또 다른 이름
헛것이 있기 때문이다

너의 모습 보이는 날까지
아파도 멈추지 않는다
만질 수 없는 거리 좁히지 못해도
널 떠나지 못한다

네가 지닌 묘한 매력
흐르고 넘쳐
가지 않았기에 언제나 멀다

세월

한 세상 백년쯤 뒹굴면
좇고 또 좇아 닮아 가리라던
내 생의 꿈도 점점 멀어져
부질없는 믿음은 무너져 내리고

봄여름갈겨울이 쉽게 오간다
저 나무 옷가지도 쉽게 벗는다
겹겹이 벗은 허물 태산 이루고
속주름 켜켜이 새기는 동안
업 쌓는 몸속에도 생명이 튼다

그렇게 성큼성큼 가고 또 오는

영흥도 농어바위와 자갈돌

나아갈 길은 바다뿐
농어바위 제 살 깎아 등을 떠밀면
어린 돌들 엉금엉금 기어갑니다
바라보이는 저편은 그저 망망대해(茫茫大海)

한 입씩 베어 물며 다가서는 파도에 몸을 맡기면
조금씩 제 몸도 둥글어 가고
바람 빠진 풍선처럼 꺼진 달빛도
부푼 가슴 내밀며 돌아오지요
뽀얗게 오른 젖살 앞뒹굴 뒷뒹굴 구르며 커갈 때
농어바위 살점 떨어져 나간 자리 푸르게 이끼 자라나
곧은 등뼈 하나 남기고 야위어 갑니다

바나 깊은 곳에는
또 다른 역사가 산맥으로 솟고 바위가 되고
뭍을 향한 그리움을 켜켜이 쌓고
그 옛날 산과 바다는
한몸에서 헤어져 다시 만날 것을 약속했다지요?

바닷속 사자들이 찾아와
울컥울컥 해변을 점령하는 밤
햇볕이 그리웠던 바닷속 삶들은
오랜 약속 분주히 드나드는 문상객(問喪客) 솜씨로
농어바위 가슴에 누울 자리 마련합니다

한평생 연마(研磨)에 시달린 해변의 삶은
조등도 걸지 않고 봉분도 없이
딱딱하고 차가운 속살을 열고
입관절차 생략한 일생의 도를
커다란 구멍으로 맞이합니다
둥글둥글 납작한 몸 내어 줍니다

무릎을 꿇거나, 가부좌를 틀거나

고요한 파문(波紋)으로 두려움이 엄습하면
차가운 바닥에 고개 숙여 무릎을 꿇거나
시린 등 곧추세워 가부좌를 틀어야 할 때,

질타(叱咤)의 목소리가 밖에서 들리느냐
눌러도 내심 안에서 나오느냐에 따라
머리가 맑아지거나 가슴이 후련한 전율(戰慄)

죄가 무거우니 머리 조아려 기도하고
죄가 두려우니 침묵으로 일관했다

자성(自省)의 깊이는 말없음의 깊이
자성본불(自性本佛) 깨달음의 깊이
묵언(默言)
수행(修行)

평화를 빕니다

아내가 아이들을 데리고
미사를 드리기 위해 집을 나간 뒤
주일 아침부터 정신을 빼놓는
〈1박 2일〉의 TV 소리도 꺼졌다
고요하고 평안한 시간이다

비 오는 소리
선풍기 바람 소리
세탁기 돌아가는 소리
소란한 일상 끝에 얻어낸 귀한 적막이다

평화를 구하러 나간 뒤에 찾아온
지독한 평안
비로소 나도
모두의 평화를 빌어본다

낙엽 2

행복한 방황 끝에 매달린
고단한 땀 한 방울

다시 시작하는 계절은
비 개인 뒤에 서러웁다

움츠린 출근길
느릿느릿 깨어나는 차창 앞으로
새 한 마리 날아든다

도로에서 마주친 작은 우연

건듯 부는 바람에
새는 나시 날아샀지만

마치 어디선가
오래도록 그리운 사람 하나
만나고 온 듯하다

진눈깨비

검은 도로 위로 눈이 내린다
한때는 물이었던 몸이
날개를 달고 내려온다

내리는 눈은 바람에 날리며
떨어지다가 솟구치기도 하며
자신만의 꽃송이를 찾는다

세상이 온통 꽃밭이라면
하얀 눈꽃이 피어날 텐데
파닥이며 힘없이 떨어지는 눈

소리 없이 녹는다
검은 도로 위로 흥건한
하얀 물나비들의 주검

낮잠

하늘 향해 입 벌린 채
양팔 벌리고 자는
큰 사람

전전반측(輾轉反側)
돌아누운 풋잠은
쫀쫀한 사람

무의식중에도
홀로 독(獨) 새우잠을 자야
편안한 인생은

언제 한 번 큰 대(大)자로
지구를 업어볼까

코 고는 여자

피식 웃음이 나오는 데는
채 오 분이 걸리지 않는다

일 분 만에 잠이 들고
이 분 만에 코를 골고
삼 분 만에 자기 코 고는 소리에 놀라 깨고
사 분 만에 다시 코를 골기 시작하면
오 분도 안 되어서 나오는 웃음을 참을 수 없다

얼마나 하루를 열심히 살면
얼마나 편안하면
얼마나 고요하면

그래서 고맙다

안과 밖

낮에는 뽀송뽀송한 햇살이
밤에는 주룩주룩 빗줄기가
매일매일 쏟아지면 좋겠다

낮에는 뭉게뭉게 흰 구름이
밤에는 선들선들 갈바람이
가끔씩 몰려와도 좋겠다

말씀을 따라 이리저리 헤매어도
침묵을 좇아 고요히 침잠해도
마음은 늘 그 자리
변하는 건 모두 내 밖에 있다

앞만 보고 올라가는 설산(雪山)이나
별만 보고 나아가는 사막에 버려진들
내딛는 발걸음에 꿈마저 밟히는가

먼 곳을 돌아 다시 시작해도
크게 벗어나지 않고 제자리를 맴돌아도
항상 같은 길 위에 서 있으면 외롭다

세상은 바뀌어도 변하지 않고
시간은 흘러가도 다르지 않고
함께 살아도 늘 그리운 걸 보면
변하지 않는 건 모두 내 안에 있다

몸살

심상치 않은 비가 내렸다
기십 년을 믿고 지내온 하늘에 구멍이 나고
쏟아지는 물줄기를 담아내느라
다락방 하얀 형광등이 밤새 닳았다

뚫린 것은 지붕뿐이 아니었다
가지런한 책꽂이 촘촘히
박혀 있는 책들은 의외로 구멍이 많았다
낮엔 곧 떨어질 것 같은 비행기들이 으르렁거려
파르르 창들이 떨었고
밤엔 덜컹거리는 열차들이 기둥을 흔들었다

바람 황량한 냉기
추위에 떠는 밤이 깊을수록
대한민국 서울에서 보내드리는 방송은
자주 끊기고 수고하지 않은 하루는
마지막 공백을 메우지 못한 채 쉽게 스러져
어두운 도화지에 그림만 그려댔다

그 무렵 발걸음은 이유 없이 걸려 넘어지고
지나는 시선들이 부딪쳐 오면
난데없이 온몸이 달아올랐다

곧장 가는 게

뒤꿈치로 밟으면 이내 아스러질
게 한 마리, 옆길로만 가는 게
안쓰러워 집어 들었네

밤새 손가락 물리는 고통 참고 지켜보니
너덜너덜해진 새끼손가락
더 이상 약속은 없네

검은 것이 순백인 개펄
곧장 옆길로 가는 한세상 바라보며
땅을 칠 수 없는 노릇

닳고 닳은 것이 펄이 된다니
개펄의 진주같이 소중한 게야

새가슴과 닭 가슴

푸른 바람 가르며
언제나 내려보던 사람들
그 속에 주저앉으니
가슴만 튀어나왔다

새벽 공기 마시며
맘껏 내지르던 포효
가슴에 담아 두기만 하니
응어리가 맺혔다

본능의 질주

비 오는 날이면 하늘이 연주를 한다
그 소리 들으러 지하주차장에 있는 차를
지상으로 끌고 나와 아파트 빌딩 숲 사이
녹음이 좋은 곳에 차를 대고
차창과 지붕에 떨어지는 빗소리와
진한 커피향 나는 음악의 볼륨을 반반씩 섞어 마신다

다행히 사유를 즐기는 정신이 있어
차창에 흘러내리는 빗방울로 앞이 보이지 않아도
머리를 눕힌 채 지그시 눈을 감고 핸들을 잡아도
나는 몇 시간이고 전력 질주가 가능하다
TV 하나로 요란한 웃음과 고요한 정적이 나뉘는
주말 각종 예능오락프로그램에 빠져 허우적거리다
겨우 빠져나와 즐기는 내 정신의 드라이브

12월 31일, 퇴근길

한 해의 마지막 귀가

그동안 많이 달려왔지만
붉은 미등 줄줄이
고개 넘어가는 행렬이
내일 아침 뜨는 해까지
이어질 것만 같다

이미 꺾어진 나이
꼬리를 물고 이어지는
저편 다가오는 불빛
번뇌도 결코 만만치 않구나

다시 서기로부터, 맨 처음으로

이별이 이렇게 힘든 고백이라면
살아 사랑을 하리라
한없이 넓은 사랑 고독이라면
단 한 사람 기쁘게 절망하리라

항상 그렇게 늘 그대로인 듯한 세상
아무도 기억나지 않는다 해도
돌아나온 곳으로 돌아가는 그런 사랑
내 아버지의 어머니의 아버지
내 어머니의 아버지의 어머니
기억 없는 손들이 열어 주는 인연을 따라
하늘 박차고 뿌리 내린다
힘주어 땅 받든다

내 살아 없이도
천년 화석의 힘으로

다시 일 년

빛나는 머리 위로
평평 쏟아지던
함박눈 같은 웃음

자고 일어나면
저만치 높아가는
파아란 하늘 따르지 못해
시리던 가슴

이 모퉁이만 돌면
모습 보일 것 같은
새빨간 노을 때문에
하늘하늘해지는 마음

손 한번 꼭 펴 보이리라
아지랑이 피어나는
언덕 위에서

가고 있는 중

너를 생각하고 마음 먼저 보냈다
이제 몸이 움직일 차례
좀처럼 움직이지 않는
약속 시각 따라잡는다

창밖을 빠져나간 마음을 따라간다
빛나는 구두코의 발 빠른 반복
지치지 않기를, 들키지 않으려는
경보(競步)와 경보(警報)의 내숭

돌계단이 내리 절로 뛰게 한다
환승역에 맞춰 끝 칸으로 이동한다
앞으로 달리면서도 걷고
문 옆에 바투 붙어 튕기듯 빠져나와
자동계단 오르면서도 올라간다

이렇게 너를 만나
심장조차 멎었는데
다시 뛰기 시작한다
절로 가는 마음이다

느낌

쉿, 가만히 아무 말도 하지 마
눈빛만으로 알 수 있어
언제 왔냐고 보고 싶었다고
봐, 벌써 웃고 있잖아

아니, 우리 걸으면서 얘기해
앞만 보고 걸어도 네 마음 알아
잘 지냈었냐고 보고 싶었다고
봐, 잡은 손이 대답하고 있잖아

그래, 나도 떠나고 싶어
귓가에 파고드는 소음의 길을 돌아
너의 뛰는 가슴과 따스한 숨결 저편
봐, 저 하늘 구름이 먼저 가고 있잖아

편재(遍在)*

사랑은 그대 겉가죽에 적기만 하고
이른 아침 그리움엔 대상이 없고
걸음마다 흔들리는 나침판의 방향
시간은 무의미하게 돌아갑니다

화석이고 싶어요, 그대 가슴에
백만 년이 지나도 그대로인 채
그대 안에서 푸른 꿈을 간직한
천만 년에 한 번 뛰는 박동이고 싶습니다

* 두루 퍼져 있음

앨범

도무지 이름이 기억나지 않는다
아니 일일이 부르기에 지친다

하늘의 별만큼 세상의 많은 꽃들은
모두 기억하고 다시 불러 주기가
왜 이리 힘들까

강산에 만발한 너는 꽃
너 또한 꽃
너마저도 꽃이건만
언제 어디서 어떻게 보았는지
바람 가득한 향기 나누어 맡고 싶지 않다

저 혼자 피고 지는 인고의 세월 속에
추억은 향기로 남지만
별이 떠도 다시 볼 수 없는
덧없이 사라진 사람들

소풍

아득한 열네 살 학교를 졸업하고
저마다 간직한 지갑 속 사진처럼
서로 다른 미소로 주름진 얼굴
만남은 수십 년을 뛰어넘었다

브라보 마이 라이프는 흘러갔어도
끝나지 않을 유어 라이프를 응원하면서
뜨거운 장작불이 구워준 닭을
회비 이만 원에 실컷 먹고 마셨다

지난 수십 년 헤아리지 못한 추억에
뭐가 좋은지 몰라도 좋고
그저 남이 아닐 거라는 막연한 기대에
얼마나 마셨는지 몰라도 좋았다

이런다고 세월을 거슬러 갈까
저런다고 시간이 멈추어질까
더러는 말없이 자리를 떴지만
헤어짐은 여전히 익숙지 않고

끝이 없는 우리들의 이야기에
집에서 오는 전화 조바심도 잠시
기어이 잠 못 이루는 기다림도 불러와
흩어졌다 모이면 다시 그대로였다

남은 이는 최대한 서로를 붙잡았지만
떠나가는 막차에 아쉬움을 실어 보내고
집에 돌아와 아침에 눈을 뜨니
어디 잠시 소풍을 다녀온 듯하다

번개 모임

산길을 걷다가
나무뿌리 하나 건드렸을 뿐인데
아픈 기억이 난다

도로를 걷다가
돌멩이 하나 차였을 뿐인데
사방치기 생각이 난다

다들 잘 돌아갔다

생각이란 무엇인가
연결은 어떻게 되는가
추억은 누구의 것인가

관심 없었다고 말하는 건
너의 판단
실오라기가 있었다고 느낀 건
나의 감정

모든 걸 말하지 못하고
모두를 이해하지 못했지만
갑자기 만나서 좋았다
갑자기가 아니라서 좋았다

노래방에서

학창 시절 고독을 좀 씹어 본 친구들은 노래를 잘한다
그들은 대부분 특정 가수의 전곡을 꿰뚫고 있거나
라디오에서조차 들려주지 않는 추억을 노래한다

각자의 애창곡만큼이나 다양한 레퍼토리를 들으면
새삼 가사를 곱씹게 되고 때론 새로운 사실도 알려 준다
대충 흥얼거렸던 음표가 가슴에 박히는 순간이다

날아온 비수는 화살처럼 빠르게 세월을 관통하고
저 혼자 내지르는 절규마저 반가운 건
아직 못다 한 청춘이 남아 있기 때문일까

지나온 우리 삶에 앙코르는 없을지라도
앞으로 남겨 둔 인생은 한 곡 더 부탁한다
친구들아, 파이팅!

해맞이

어느 날 그녀는 잠자는 시계의 모든 촉각을 일제히 깨워
놓고는 기뻐했다
　그것이 가져다준 변화가 무엇인지 모르는 양
　어디서 빗방울 떨어지는 소리 들리는 듯하다고 했다
　가끔은 잠자는 사자의 코털을 건드렸다며 천진난만하게
웃음 짓고는
　정작 자신은 지나온 시간을 되새기고 거스르며 힘겨워했다

　시계는 똑딱똑딱 매 순간을 헌것으로 만드는 마법인 것을
　발을 굴려 지구를 돌리면 또다시 해가 뜬다는 걸 알면서도
　우두커니 멈춰 서서 장엄한 해가 떠오르길 기대하고 맞이
하며
　부지런한 누군가의 발걸음을 모르는 듯 격하게 울컥하고
　어제 디딘 발걸음의 지난 모습에 오늘의 의미를 부여하는
새해

　새로이 시작한다는 건
　단지 새 삶 첫날 아침을 맞이하는 것뿐인데

몸이 몸으로, 몸에게 몸을 1

몸이 내게 말을 한다
머리로 헤아릴 수 없는 것들까지
몸이 내게 몸으로 요구한다

나는 몸으로 몸을 위로하고
몸으로 몸을 달래고
몸으로 몸에게, 건강함과 평안함과
불만족한 정신까지 주고 싶지만
몸은 몸으로 나를 위로하고, 다독이고
머리 시린 내 정신을 따뜻한 제 살에 담근다

몸은 스스로 살아가고 그런 몸이
나에게 너도 살아보라 한다
몸으로 몸을 죽이면
몸은 더 이상 줄 것이 없다 한다

감기

감기가 들었다
감기 하나
들어왔을 뿐인데

열이 나고
몸살이 나고
기침이 나고
콧물이 나고
뭐가 잔뜩 나온다

하나를 받고
많은 걸 내어 준다
나쁜 것만 내어 준다
고마운 감기

가을 들판

금도금한 들녘
껍질 벗겨낸 자리마다

마시멜로 달팽이
느릿느릿 기어간다

집채만 한 짐을 메고
소에게로 한 걸음씩

저 밥 차려놓기까지
엉금엉금 참 멀다

택배

눈 내린 저녁 퇴근길
버스 차창이 진땀을 흘리고 있다
주름진 골 사이로 보이는 오십여 명의 편린들
꼭꼭 채워 한 박스 단위로
고속도로 컨베이어 벨트를 따라 옮겨지고 있다

지금은 계속 배송 중
"이번 정류장은 의왕요금소입니다.
다음은 종합운동장입니다."
잠시 후 목적지 도착 예정

빨간 경보음이 울리면
솎아낸 불량품처럼 빠져나와
너덜거리는 발걸음을 옮겨 싣는다

일일드라마

드라마를 보는 나를 본다
드라마에 웃는 내가 웃긴다
드라마에 울고 웃는 나의 드라마

영화를 보고 나면 쉽게 일어나지 못한다
감정에 충실했기 때문이다
드라마가 끝나도 빨리 헤어나지 못한다
한 번에 다 보여주지 않은 까닭이다

나의 일상은 드라마
나의 삶은 영화다
드라마로 만드는 영화
삶은 아직 끝나지 않았다

혼자TV를보며앉아있는나를보며드라마를본다
영화는 계속 돌아가고 있다

게임

나는 안다
미친 듯이 눌러대는
컴퓨터 앞에서의 중독
그래 한번 미쳐보자는
대책 없는 조바심

모든 걸 잊고서
오직 나 몰라라는 일념으로
아주 그럴듯한 문명의 조작으로
가장 멍청하게 부서지는 내 모습을

나는 안다
혼자 있으면 아주 평안한
휴식의 명목으로
그래 한번 해보자는 의욕
쉽게 꺼지는 이유를

아무도 모를 거다
모르는 게 낫다

파경(破鏡)

아내와 함께한 이십 년
아이들과 함께한 이십여 년
기억나는 건 순간이고
생각나지 않는 건 원인이다

이제 다시 순간의 기억들로
영원을 만들어 간다면
물비늘 반짝이는 저 강물처럼
지나가는 세월은 찬란하기를

시련

시든 꽃 하나 없이
기다림으로 견뎌왔다 말할 수 없으리
오직 한 사람의 이름으로
부서지는 꽃잎을 만들지도 않았으리
나, 내가 싫은 날에는
꿈꾸는 미이라를 발굴하고 만 침묵

그런 날엔 나도
빛나는 뼛속의 눈부심에 한없이 고개 숙여
두 눈 질끈 감고 다시 묻어 달라 하리라
처음부터 아예 없던 걸로 하고서
등 푸른 공룡에게 길을 물어 가리라

주말 산행

산다는 건 산을 넘는 것이다
한들한들 봄바람에 젖은 땀 식히고
산새들 노랫소리에 갈증을 채운 뒤
한 발 두 발 걷다 보면
산다는 건 외로움을 넘는 것이다

산다는 건 길을 걷는 것이다
폴폴 날리는 흙먼지 개의치 않고
이름 모를 풀꽃에 눈길 건네며
터벅터벅 가다 보면
산다는 건 외로움을 지나는 것이다

7번 국도

백두대간 흘러내린 적당한 선에서
물 따라 길게 뻗은 반도의 갓길

동해에 펼쳐지는 하늘빛 바다
바닷빛 하늘도 길 위에 솟는다

바다는 뭍을 향해 가없는 마음을 열고
마주하고 바라보며 이어지는 발걸음

보이지는 않지만 가다 보면 알게 되는
바닷속 깊숙이 손 맞잡고 가는 길

보름달

하늘 계단에 앉아 곰곰이 바라보다
고재종 시인의 '그 희고 둥근 세계' 떠올린다
희고 둥근 그 모습 한참을 떠올리다
여의주를 마주한 듯 두 손 모으면
아련히 아스라이 마침내 떠오른다

얼른 주워 담아 말 잔등에 올라타면
또각또각 말굽 소리에 맞춰
흐느적흐느적 출렁출렁 어울렁더울렁
그 희고 둥근 세계에 첨벙 빠지고

찰싹하고 두드리니 히잉, 히힝 히힝
놀란 말이 내달려 또 한 세상 열린다
이랴 이랴 거침없이 내닫는다
말고삐 잡은 두 손 팽팽하게 당겨질 때
눈먼 별들이 지구 위로 쏟아진다

그 거친 숨결 들판 가로지르고
해협(海峽) 뛰어넘고 강물도 넘어
산굽이 돌고 돌아 꼭대기에 다다르니

두 발 치켜들고 울부짖는 소리 듣는다
천지에 떠오르는 그 세계 한번 참,

천고마비

출근길 오가는 사람들 속에서
서터 문을 여느라
엎드린 여자의 허리가 서늘하다

돌아서서 젖 물리던 흑백사진 풍경이 떠올라
서둘러 고개 돌리고 보니
앞서가는 종아리나 매양 같은데

왜 그랬을까,
파아란 하늘 아래
형형색색 살진 말들의 계절 속에서

유리창

내가 관심 있는 사람은
언제나 창 밖에 있습니다
그래서 나는 늘 관심 밖입니다

손에 쥐고 지그시 코로만 마시는
훈김 피어오르는 뜨거운 찻잔처럼
창문에 부딪치는 빗방울 너머
창밖을 바라보는 눈망울

멍하니 함께하면 멈춰서는 시간
깨어나지 않기를 바라는 간절함이
부질없이 한 걸음 더 다가섭니다

닿을 수 없고 안을 수 없기에
한 줌의 머리카락이며 서늘한 이마
발그레한 뺨이며 도드라진 입술
차가운 손등으로 살짝 문질러 봅니다

겨울비

기다림은
말없이 접어둔 그리움

추위를 모르는 부슬비는
소리 없이 가슴에 스며
잔잔히 흐르지도 못하고
얼어붙은 대지에 말없이 내려앉아
차곡차곡 쌓이지도 못한 채
지금은 영상 9도

청춘에 목말랐던 여름이 가고
낙엽 수북한 앙상한 가지
함박눈이 못내 겨운 냉각기(冷却期)

못내 씻지 못한 사랑도
모순도 품 안에 감싸고
온 세상을 하얗게—비록 우리가 첫발을 내디딜 때 검은
물이 스며 올라올지라도
그것이 지상으로 향하는 하늘의 축복일진대

하염없이 쏟아질지어다
그러나 가슴에 스며 잔잔히 흐르지도 못하고
말없이 내려 차곡차곡 쌓이지도 못한 채
지금은 영상 9도
서울지방 현재 비.

벌초

한낮의 가을볕은 나무 끝에 달린 매미
맴 맴 맴맴, 너무 뜨거워요
타 버릴 것 같아요, 곧 녹아내리겠어요

우중(雨中)을 틈타 열이 식어 내리면
굳은 땅의 털들을 일으켜 세운다
수없는 뿌리를 간직한 땅과의 줄다리기
끊어지면 곤란해, 온통 곪아 흐를 거야

쑥. 톡
봐, 얼마나 시원해
상처 난 황토에 드러나는 시뻘건 핏방울
쓱쓱 문지르고 싹싹 쓸어 내고

크리넥스

값싼 분(粉)내 켜켜이 품어
손길 오는 대로 쑥쑥 뽑혀도
곱게 다시 여미는 마음
뽑히지 않는 그리움입니다

울컥 샘솟아 타오르는 욕정
입안 가득 남아도는 미련
주체 못할 슬픔이 줄줄 흘러도
내게는 값싼 향수(鄕愁)밖에 없어요

보듬어 가만히 들이마시면
그 옛날 가슴에 파묻혀 편안했던
어머니 속살 같은 원시의 숲이
분(粉)내음 깊숙이 빨려옵니다

화이트 블랙홀

사위 고즈넉한 마당에 서서
보름달 뚫어지게 바라보면

온다,
착시현상으로 궤적을 그리며
주르륵 미끄러지듯 내려와
더 가도 되느냐고 묻는 듯
고개를 갸우뚱거린다

조금 더,
눈동자 깜빡이지 않으면
공간을 줄이면서 한 번 더 가까이 다가와
외눈박이 눈동자는
속삭임도 가능한 거리

거기까지,
불러도 더는 오지 않고
하늘 아래 떠 있으며
지상의 윤곽대로 반짝반짝
감나무 잎새마다 아로새긴 은빛 비늘

달은 더 멀어지지 않고
파르르 흔들리며 유혹하는데
나는 허공에 입 벌린 채
첨벙 얼음호수에 빠져든다

과공비례(過恭非禮)

따로 사는 여자가
전화기 너머로

반신욕 하고 있어요
라고 말하는 걸

당신 욕하고 있어요
라고 들었다

아뿔싸!

담배나 한 대

초판 1쇄 인쇄 2020년 6월 8일
초판 1쇄 발행 2020년 6월 15일

지은이 • 임장혁

발행인 • 양문형
펴낸곳 • 끌레마
출판등록 • 제313-2008-31호
주소 • 서울시 종로구 대학로 14길 21 4층
전화 • 02-3142-2887   팩스 • 02-3142-4006
이메일 • yhtak@clema.co.kr

ⓒ 임장혁 2020

ISBN 979-11-89497-32-3 (03810)

• 값은 뒤표지에 표기되어 있습니다.
• 제본이나 인쇄가 잘못된 책은 바꿔드립니다.

이 도서의 국립중앙도서관 출판시도서목록(CIP)은 서지정보유통
지원시스템 홈페이지(http://seoji.nl.go.kr)와 국가자료공동목록
시스템(http://www.nl.go.kr/kolisnet) 에서 이용하실 수 있습니다.
(CIP제어번호 : CIP2020021894)